Tanguy

FichesdeLecture.com

Tanguy
(Fiche de lecture)

I. INTRODUCTION

L'auteur

Michel del Castillo ou Michel Janicot del Castillo est un écrivain français né à Madrid le 2 août 1933. Son père est français et sa mère est une juive espagnole, journaliste républicaine qui appartient à une famille de riches propriétaires terriens. Michel del Castillo connaît une enfance chaotique.

En effet, sa famille est contrainte de fuir la guerre civile espagnole et l'Espagne franquiste pour le sud de la France. Abandonné par sa mère, le petit Michel est déporté dans le camp de concentration de Mauthausen en Allemagne. Libéré après la guerre, il retourne en Espagne. Le gouvernement franquiste l'envoie alors pendant cinq ans en maison de redressement.

Sorti de ce « bagne », comme il l'appelle lui-même, il regagne Paris et commence à écrire. Michel del Castillo est un écrivain prolixe, auteur de plus d'une vingtaine de romans, récompensé par de nombreux prix. Considérant l'écriture comme « l'expression d'une angoisse profonde », il voue une véritable admiration à Dostoïevski. Il sera plusieurs fois couronné par des prix littéraires : Prix des Libraires et prix des Deux-Magots pour « le vent de la nuit » en 1973, prix Renaudot pour « la nuit du décret » en 1981, Grand prix RTL- lire pour « le crime des pères » en 1993 et le prix Femina Essai pour « Colette, une certaine France » en 1999.

L'œuvre

Tanguy est le premier livre de Michel del Castillo qui paraît en 1957. Il s'agit d'un roman contenant une grande part d'éléments autobiographiques qui raconte l'enfance douloureuse de l'écrivain.

II. RÉSUMÉ DU ROMAN

Tout commence en mars, 1939, durant la guerre d'Espagne. Tanguy se souvint que lorsqu'il fut annoncé qu'ils avaient perdu, sa mère et lui partirent pour Valence en voiture. Ils embarquèrent ensuite pour la France. Ils arrivèrent à Marseille, une ville sale pour Tanguy, où son père les attendait. Ils s'installèrent ensemble à Vichy dans une petite maison.

Tanguy était heureux, il avait un ami. Mais des disputes éclatèrent et ils partirent à Clermont Ferrand. Le père de Tanguy les dénonça aux autorités. Tanguy et sa mère furent arrêtés puis envoyés dans un camp de concentration. Celui- ci abritait des femmes, méchantes avec eux ; à une exception près : Rachel, une allemande. Au fur et à mesure du temps, Tanguy changeait, devenait maussade et renfermé.

Sa mère devint très malade et fut transférée à l'hôpital de Montpellier où venait quelques fois Tanguy. Il fut placé dans un collège tout près. Il travaillait bien et était très sage, car sa mère le lui avait demandé. Ils emménagèrent tous deux au rez-de-chaussée. Ils apprirent ensuite qu'ils étaient découverts. Ils furent donc forcés de fuir en direction de Marseille, chacun de leur côté pour éviter de se faire interpeller. Ils s'y retrouvèrent. Sa mère ne trouvait toujours pas de travail. Elle rencontra un catalan, Puigdellivol qui pourrait faire passer sa mère à Londres en passant par l'Espagne.

Tanguy, seul et triste, quitta sa mère pour se rendre dans une maison remplie de juifs. Seulement le 2 août 1942, la veille de son anniversaire, la maison fut cernée et tous furent embarqués de force dans un train. Ils arrivèrent dans Paris. Chacun fut très émerveillé de découvrir la capitale et tout particulièrement Tanguy. Ils se rendaient dans un camp près de la ville. Tanguy se fit un ami, Guy qui lui apprit ce que les Allemands comptaient faire des juifs. Ils furent emmenés à la gare, puis envoyer dans des trains à bestiaux dans lesquels on ne pouvait ni s'allonger n'y rester debout. Guy était malade et son état empirait de plus en plus. Il mourut après 62heures de trajet. Le train se stoppa à l'aube du 5e jour.

Le camp avait une apparence de ville. Dans sa baraque, il connut Gunther, un jeune allemand. Il assista, le matin à sa première revue. Il travailla ensuite avec Gunther dans le chantier. Après le rapport des kapos, Gunther lui présenta Misha, un russe ainsi qu'un alsacien qui lui proposa son aide. Plus le temps passait, plus Gunther était indispensable à l'enfant. Les autres au contraire le détestaient.

Il joua un soir du piano au commandant qui lui offrit de la nourriture. L'allemand l'offrit à Tanguy qui le reçut avec une grande émotion. L'hiver arriva et il y avait de plus en plus de cadavres. Le chantier était fini et l'enfant alla donc travailler au déblayage. Une femme lui offrit à manger, mais il en fit don à Misha. Le temps passait, le nombre de morts augmentait. Chacun avait perdu espoir, y compris Tanguy. De plus, Misha était mort. Noël arriva. Une solidarité se créa entre les hommes et l'espoir revint.

Plus tard, un convoi de Russes arriva. Mais il n'y avait plus de place et on leur refusa d'entrer dans les baraques. Au petit matin, plus de 30 morts gisaient devant. Le chef de baraque qui leur avait refusé l'entrée fut fusillé. Un deuxième convoi se présenta. On partagea cette fois-ci les paillasses. Gunther devint lui- même triste. Tanguy pensa qu'il avait été plongé trop vite dans le monde des adultes, et que maintenant, il n'était plus un enfant. Un cynisme de la mort s'installa dans les camps. On y installa un four pour incinérer les morts, tellement ils étaient nombreux. Les miliciens perturbaient psychologiquement les détenus en les réveillant la nuit. Un soir, Gunther fit promettre à Tanguy qu'il travaillerait même si lui n'était plus là. À l'aube certains sortirent, dont Gunther, et ne revinrent pas.

La guerre était finie et les camps détruits. Tanguy était dans le train pour St Sébastien. Il logea chez Lucienne, une vieille femme très aimable. Il dut partir une semaine plus tard pour rentrer chez sa grand-mère. Arrivé chez elle, il apprit qu'elle était morte depuis 3 mois. Il repartit, bouleversé. Pris en charge par la police, on l'inséra dans un centre de redressement. Il fit la connaissance d'un jeune homme que l'on appelait « P ».

Les frères, propriétaires du centre étaient de vraies brutes. Ils leur menaient une vie constituée d'ordres et de punitions. Si certains s'échappaient, ils étaient retrouvés, et battus, quelques fois jusqu'à la mort. Les frères se faisaient un plaisir des les frapper, dans les douches par exemple. Seulement Tanguy défia le frère rouge et reçut la « noria » durant un mois. Il était encore surveillé, caractérisé comme rebelle. Les jeunes travaillaient dans des ateliers.

Tanguy, lui, était aux polissoirs. C'était le pire travail et il était donc réservé aux rebelles. Mateo, le contremaître était très gentil avec Tanguy et le laissait se reposer un peu. Un jour un accident arriva : Un garçon se reçut un poids sur la main de plusieurs tonnes. Tanguy raconta au médecin que ceci n'était en réalité pas un accident, car les Frères l'avaient, la veille,

roué de coups. Tanguy fut surpris de ne pas être battu après cette révéla-
tion. Celui- ci devient misanthrope, peu sociable. Quelques jours plus tard,
un évêque était invité pour fêter la construction d'un nouveau bâtiment.

Firmin, un garçon du centre vint voir Tanguy. Il voulait qu'il s'échappe
avec lui. Le médecin interrompit la conversation. Il conseilla à Tanguy de
se rendre à Madrid, consulter la société protectrice des mineurs. Il accepta
donc la proposition de Firmin. Il fit mine de s'évanouir puis il sauta par
dessus le mur. Ils se rendirent dans les champs pour réclamer à manger
aux paysans, puis allèrent au bord de la mer et passèrent la nuit dans une
grotte. Le lendemain ils prirent la route vers Sitgès. Firmin obligea à prendre
clandestinement un train de marchandises en direction de Madrid. Tanguy
quittait encore une fois un ami ...

Arrivé à Madrid, il se rendit à la société de protection des mineurs,
qui lui proposèrent une place dans une école en Andalousie. Il fut accueilli
par le père Pardo à qui il raconta toute sa vie, en lui accordant une grande
confiance. Il avait une chambre pour lui tout seul, avec une vue imprenable
sur la Sierra. Une véritable fièvre du travail s'installait en lui, ses professeurs
lui donnant une véritable soif du savoir. Tous les élèves aimaient le père
Pardo. Ensemble, ils priaient lorsque quelqu'un avait un ennui. Le collège
était divisé en deux : un côté professionnel et l'autre livresque. Il s'était
fait des amis : Manolo, Platero qui aimait le football et Josselin le sage.
Ils sortaient ensemble chaque weekend. Chaque élève se préparait à l'exa-
men trimestriel.

Tanguy, depuis quelque temps, toussait et avait de la fièvre. Le Père
détecta en lui une vilaine maladie et il fut emmené directement à l'infirmerie.
Il sortit après un mois de cure. Il apprit avec une vive émotion que les élèves
en son absence avaient beaucoup prié pour lui. Il réussit brillamment ses exa-
mens de deuxième année. Il fut bientôt obsédé par l'absence de ses parents
et frustré que son père ne réponde pas à tous ses appels. Il annonça au
Père qu'il souhaitait partir, se rendre au consulat de Madrid, puis en France.

Dans la capitale de l'Espagne, il dormit chez des frères recommandés
par le Père. Il rencontra au consulat, madame Bérard, une employée qui
essaya de l'aider le plus possible. Il décida de stopper ses recherches et partit
chercher du travail. Il apprit que l'on embauchait dans une usine de ciment
et prit le premier train pour s'y rendre. Il se rendit au bureau d'embauche où
il fut engagé à l'essai. Il se rendit chez Sebastiana, une veuve d'apparence

rude et loua une chambre. Il travaillait avec amour, en s'appliquant beaucoup. Mais la poussière de ciment le faisait tousser chaque jour un peu plus. La veuve l'aimait comme son propre fils.

Une grève éclata à Barcelone. Peu après, un licenciement eut lieu et il perdit son travail. Arrivé à St Sébastien, il loua une chambre et rencontre un jeune homme prêt à le faire passer la frontière et lui payer un billet pour Paris. L'homme teint sa promesse et arrivé à Paris, Tanguy fut accueilli par un ami de son père, puis son père en personne. Il fit la connaissance de sa femme et dormit dans un hôtel près de leur maison. Il ne savait pas trop s'il appréciait son père. De plus des malentendus commencèrent entre eux. Il revit Norbert, le frère de son père. Il l'aimait vraiment bien, car c'était une personne simple. Il se disputa violemment avec son père, sur les classes sociales et les idées que se faisait son géniteur sur les pauvres. Chassé, il se réfugia chez Norbert.

En avril 1955, Tanguy revit sa mère après 13 ans de silence. Il avait changé, elle non. Ils n'avaient pas la même opinion et c'est naturellement qu'ils se quittèrent pour prendre deux voies différentes.

III. ÉTUDE DES PERSONNAGES

Tanguy

Il est né le 3 juillet 1934 et c'est le personnage principal. Sa vie est racontée. C'est un petit garçon très courageux : il est abandonné par son père dès son plus jeune âge. Il est extrêmement attaché à sa mère, journaliste républicaine.

Lorsqu'elle sera loin de lui pour aller en Espagne, il sera rongé par la solitude. Il arrivera à la dompter pendant toutes ces années d'absence… Il sera bercé toute son enfance par l'image d'un père lâche qui les a abandonnés lorsqu'ils avaient le plus besoin de lui.

Lorsqu'il sera interné dans un camp de concentration, il fera la connaissance de Gunther, un jeune allemand, qui pendant de longs mois sera sa seule raison de vivre. Tanguy s'attache en effet très vite à certaines personnes, comme avec Rachel dans le premier camp de concentration.

Après cela, il sera transporté entre maison de redressement et collège en Andalousie. Ce que nous pouvons retenir de toutes ces longues années d'attente et de souffrance sont les suivantes : Tanguy, est un garçon courageux, dès son plus jeune âge : Même durant les moments difficiles, il apprendra à ne jamais lâcher prise, en trouvant chaque fois, une raison de le faire tenir. Ce garçon aura pendant toute sa vie une grande soif d'apprendre, de comprendre, de se sentir utile : comme dans l'usine d'acier ou encore dans le collège du Père en Andalousie.

Vers la fin du récit, lorsqu'il atteint ses 21 ans, il est décrit comme un homme grand, mais assez frêle. Le caractère autobiographique est très présent, notamment lorsque l'auteur décrit les conditions de vie difficiles de Tanguy enfant. On sent bien à travers les détails qu'il donne sur la solitude, la peur, l'angoisse, et la détresse qu'il a lui-même vécu ces moments. Il exprime avec beaucoup d'émotion les souffrances physique et morale et le désespoir du personnage.

La mère de Tanguy

Elle est issue d'une famille riche. Elle est journaliste républicaine et défend les droits des Juifs. Elle élèvera Tanguy son fils, toute seule, jusqu'à ses 5 ans.

C'est sans doute pour cela que tous deux auront une très grande complicité et ne supporterons d'ailleurs pas de se quitter. Cependant à la fin de l'histoire tous deux se sépareront, car ils n'auront plus les mêmes opinions sur gens.

Le père de Tanguy

Tanguy le décrit comme un lâche. Il les a abandonnés aux débuts de la guerre et se réfugia en France où il trouva une autre femme assez riche et avec qui il aura un fils. Lorsqu'il accueillera Tanguy et sa mère à Marseille, il fera mine d'ignorer son fils comme il l'a toujours fait. Il est très soucieux de ce que les gens pensent de lui, car il leur interdit de se rendre à Clermont Ferrand, car cela pourrait lui dégrader sa réputation.

Quinze ans plus tard, lorsque Tanguy le retrouvera, il partagera avec lui quelques moments affectueux. Mais cela ne durera pas longtemps. Ils se chamailleront violemment à propos différentes classes sociales et le fait qu'il se pense supérieur par rapport aux ouvriers.

IV. AXES DE LECTURE

Le caractère autobiographique de l'œuvre

Il y a beaucoup de similitudes entre l'auteur et le narrateur : ils sont tous les deux nés en Espagne, avant la guerre civile, d'un père Français et d'une mère Espagnole. La mère de l'auteur, Candida Isabel del Castillo, était une juive espagnole qui appartenait à une famille de riches propriétaires terriens. Très francophile, elle avait fait des études supérieures de français à Paris. Elle faisait partie de l'étroite minorité des bourgeois éclairés et était même farouchement républicaine. À l'instar de l'auteur, Tanguy est très attaché à sa mère, journaliste républicaine.

L'auteur se sert de sa propre expérience pour alimenter son récit. La description des événements est en effet réelle, en juillet 1936, après le succès du « Frente popular » aux élections, la guerre civile éclate en Espagne. Le jeune Tanguy décrit ces événements ainsi que la violence qu'ils ont engendrée. La mère de l'auteur est arrêtée et placée dans un ancien couvent converti en prison. Accompagné de sa grand-mère, Michel lui rendait visite. En effet il était très proche de sa grand-mère, à l'instar de Tanguy.

Pour tenter d'échapper au chaos de la guerre, Michel se réfugie dans la lecture. Candida Isabel part pour Valence en direction de la France, via Oran. Son père les accueille à Marseille, il verse une somme représentant sa pension alimentaire jusqu'à sa majorité. Mais la mère dépense tout et se rend en 1940 à Clermont-Ferrand et accuse son ex-mari de les avoir abandonnés, elle et son fils.

Fou de rage, il la dénonce aux autorités de Vichy. Candida Isabel est conduite au camp de Rieucros, près de Mende, dans la Lozère. Le petit Michel la rejoint et ils vivent, le froid, la faim, la peur, l'angoisse surtout de perdre sa mère, elle faisait de fréquents séjours à l'infirmerie. Une juive allemande, Dora Schaul, s'occupait alors de lui. Dans le récit, Tanguy s'attache à Rachel.

Après son neuvième anniversaire, Michel fut déporté en Allemagne où il fut interné durant près de trois ans, de camp en ferme de travail. Comme décrit dans le livre, il côtoie la maladie et la faim, frôlant la mort. Il se lie d'amitié à un autre garçon comme Tanguy à Gunther. Il tient grâce à cette amitié.

Rapatrié en Espagne au mois de mars 1945, Michel découvre que sa mère n'a pas essayé de le retrouver. Elle était partie en Algérie pour recommencer une autre vie. Il se retrouve alors dans un collège de jésuites, à Ubeda, en Andalousie. Auprès des jésuites il commence un programme de rattrapage.

En 1950, il est embauché comme manœuvre dans une cimenterie, à Vallcarca de Sitgès, prés de Barcelone. Puis il retrouve son père à Paris, ce dernier le loge à l'hôtel, ils se disputent pour les mêmes raisons que Tanguy et son père. Il s'enfuit chez son oncle, avec sa femme, Rita, qui était d'origine allemande, ils l'accueillent à bras ouverts. Au mois de mai 1955, il retrouve par hasard sa mère, qui vivait à Paris, rue des Archives. Il se rend compte comme Tanguy qu'ils ont très peu de choses en commun.

Les raisons qui ont poussé l'auteur à écrire

On peut penser que l'auteur, a tenté de se libérer du poids de son passé, en écrivant la version de l'histoire qu'il aurait souhaité vivre. Il manifeste également sa volonté de témoigner, de parler des différents événements qu'il a vécus très jeune, de transmettre son histoire et celles de ses amis qui sont morts.

Ce premier roman, paru en 1957 est donc un roman presque autobiographique, comme nous l'avons vu précédemment. L'écrivain a tenté à travers l'écriture de reconstruire sa vie par le roman. Ainsi dans « Rue des archives » en 1994, il évoque la disparition de la mère, puis son père dans « De père français » en 1998.

Il commence en quelque sorte une quête de ses parents de la mère puis du père à travers l'écriture. Pourquoi sa mère ne l'avait-elle pas recherché durant toutes ces années ?

Il tenta de répondre à cette interrogation au cours d'une succession de livres, où il raconta son enfance marquée par une « maman-putain » dont il garda pourtant le nom. En effet, l'auteur raconte a plusieurs reprises que sa mère a connu beaucoup d'hommes, elle s'était mariée deux fois avant de connaître son père. Il subsiste toujours un rejet de la figure paternelle.

Sur ces multiples expériences, il a déclaré : « Bizarrement, je suis très content d'avoir connu tout ça. Car ou vous crevez ou vous passez. Et pour les choses essentielles, j'ai acquis une grande dureté, je sais me battre. Les gens d'aujourd'hui sont en fait plus paumés que je ne l'étais, ils ont des malheurs mollassons. Même les délinquants me semblent plus minables que ceux d'hier. »

Le contexte historique et politique du récit

La guerre civile Espagnole

Ce conflit oppose, en Espagne, le camp des « nationalistes » à celui des « républicains » réunissant, parfois communistes, socialistes, républicains et anarchistes. Il se déroule de juillet 1936 à avril 1939 et s'achève par la défaite des républicains et l'établissement de la dictature de Francisco Franco, qui conserve le pouvoir absolu jusqu'à sa mort en 1975.

Cette guerre a été particulièrement violente, surtout lors des grandes batailles, il y a eu en effet des tueries en dehors des combats. Elle a entraîné d'importants mouvements de population, à l'intérieur de l'Espagne, mais aussi en dehors du pays.

Elle correspond aux premiers bombardements militaires sur les civils, l'Allemagne nazie participe au conflit aux côtés des nationalistes en engageant 10 000 hommes. L'un des faits les plus marquants est le bombardement de civils à Guernica au Pays basque, le 26 avril 1937. Après cet événement, condamné par une bonne partie de la communauté internationale, l'aide allemande se réduit.

Cette guerre civile fut également le théâtre des prémices de la Seconde Guerre mondiale.

Les camps de concentration en Allemagne

À partir de 1933, le Troisième Reich met en place des camps de concentration dans des buts punitifs et discriminatoires. Après l'attaque allemande contre l'URSS, en 1941, les nazis transforment certains de ces camps de concentration en camps d'extermination, comme Auschwitz. Ces camps sont mis en place pour y exterminer immédiatement ou par épuisement au travail et par mauvais traitements, les Juifs et les Tziganes.

Les déportés internés y sont séparés de leurs proches, gardés dans des conditions très précaires et difficiles, souffrant de malnutrition aigüe, forcés à travailler et maltraités par les gardiens. Au cours du récit, Tanguy est interné trois ans dans un de ces camps pour y travailler. Les témoignages du narrateur sont très touchants, notamment celui où un convoi de Russes meurt de froid dehors.

Dans la même collection en numérique

Les Misérables
Le messager d'Athènes
Candide
L'Etranger
Rhinocéros
Antigone
Le père Goriot
La Peste
Balzac et la petite tailleuse chinoise
Le Roi Arthur
L'Avare
Pierre et Jean
L'Homme qui a séduit le soleil
Alcools
L'Affaire Caïus
La gloire de mon père
L'Ordinatueur
Le médecin malgré lui
La rivière à l'envers - Tomek
Le Journal d'Anne Frank
Le monde perdu
Le royaume de Kensuké
Un Sac De Billes
Baby-sitter blues
Le fantôme de maître Guillemin
Trois contes
Kamo, l'agence Babel
Le Garçon en pyjama rayé
Les Contemplations

Escadrille 80

Inconnu à cette adresse

La controverse de Valladolid

Les Vilains petits canards

Une partie de campagne

Cahier d'un retour au pays natal

Dora Bruder

L'Enfant et la rivière

Moderato Cantabile

Alice au pays des merveilles

Le faucon déniché

Une vie

Chronique des Indiens Guayaki

Je voudrais que quelqu'un m'attende quelque part

La nuit de Valognes

Œdipe

Disparition Programmée

Education européenne

L'auberge rouge

L'Illiade

Le voyage de Monsieur Perrichon

Lucrèce Borgia

Paul et Virginie

Ursule Mirouët

Discours sur les fondements de l'inégalité

L'adversaire

La petite Fadette

La prochaine fois

Le blé en herbe

Le Mystère de la Chambre Jaune

Les Hauts des Hurlevent

Les perses

Mondo et autres histoires

Vingt mille lieues sous les mers

99 francs

Arria Marcella

Chante Luna

Emile, ou de l'éducation
Histoires extraordinaires
L'homme invisible
La bibliothécaire
La cicatrice
La croix des pauvres
La fille du capitaine
Le Crime de l'Orient-Express
Le Faucon malté
Le hussard sur le toit
Le Livre dont vous êtes la victime
Les cinq écus de Bretagne
No pasarán, le jeu
Quand j'avais cinq ans je m'ai tué
Si tu veux être mon amie
Tristan et Iseult
Une bouteille dans la mer de Gaza
Cent ans de solitude
Contes à l'envers
Contes et nouvelles en vers
Dalva
Jean de Florette
L'homme qui voulait être heureux
L'île mystérieuse
La Dame aux camélias
La petite sirène
La planète des singes
La Religieuse
1984 A l'Ouest rien de nouveau
Aliocha
Andromaque
Au bonheur des dames
Bel ami
Bérénice
Caligula
Cannibale
Carmen

Chronique d'une mort annoncée
Contes des frères Grimm
Cyrano de Bergerac
Des souris et des hommes
Deux ans de vacances
Dom Juan
Electre
En attendant Godot
Enfance
Eugénie Grandet
Fahrenheit 451
Fin de partie
Frankenstein
Gargantua
Germinal
Hamlet
Horace
Huis Clos
Jacques le fataliste
Jane Eyre
Knock
L'homme qui rit
La Bête humaine
La Cantatrice Chauve
La chartreuse de Parme
La cousine Bette
La Curée
La Farce de Maitre Pathelin
La ferme des animaux
La guerre de Troie n'aura pas lieu
La leçon
La Machine Infernale
La métamorphose
La mort du roi Tsongor
La nuit des temps
La nuit du renard
La Parure

La peau de chagrin
La Petite Fille de Monsieur Linh
La Photo qui tue
La Plage d'Ostende
La princesse de Clèves
La promesse de l'aube
La Vénus d'Ille
La vie devant soi
L'alchimiste
L'Amant
L'Ami retrouvé
L'appel de la forêt
L'assassin habite au 21
L'assommoir
L'attentat
L'attrape-coeurs
Le Bal
Le Barbier de Séville
Le Bourgeois Gentilhomme
Le Capitaine Fracasse
Le chat noir
Le chien des Baskerville
Le Cid
Le Colonel Chabert
Le Comte de Monte-Cristo
Le dernier jour d'un condamné
Le diable au corps
Le Grand Meaulnes
Le Grand Troupeau
Le Horla
Le jeu de l'amour et du hasard
Le Joueur d'échecs
Le Lion
Le liseur
Le malade imaginaire
Le Mariage de Figaro
Le meilleur des mondes

Le Monde comme il va

Le Parfum

Le Passeur

Le Petit Prince

Le pianiste

Le Prince

Le Roman de la momie

Le Roman de Renart

Le Rouge et le Noir

Le Soleil des Scortas

Le Tartuffe

Le vieux qui lisait des romans d'amour

L'Ecole des Femmes

L'Ecume Des Jours

Les Bonnes

Les Caprices de Marianne

Les cerfs-volants de Kaboul

Les contes de la Bécasse

Les dix petits nègres

Les femmes savantes

Les fourberies de Scapin

Les Justes

Les Lettres Persanes

Les liaisons dangereuses

Les Métamorphoses

Les Mouches

Les Trois mousquetaires

L'étrange cas du Dr Jekyll et de Mr Hyde

L'Ile Au Trésor

L'île des esclaves

L'illusion comique

L'Ingénu

L'Odyssée

L'Ombre du vent

Lorenzaccio

Madame Bovary

Manon Lescaut

Micromégas
Mon ami Frédéric
Mon bel oranger
Nana
Ne tirez pas sur l'oiseau moqueur
Notre-Dame de Paris
Oliver twist
On ne badine pas avec l'amour
Oscar et la dame rose
Pantagruel
Le Misanthrope
Perceval ou le conte du Graal
Phèdre
Ravage
Roméo et Juliette
Ruy Blas
Sa Majesté des Mouches
Si c'est un homme
Stupeur et tremblements
Supplément au voyage de Bougainville
Tanguy
Thérèse Desqueyroux
Thérèse Raquin
Ubu Roi
Un Barrage contre le Pacifique
Un long dimanche de fiançailles
Un secret
Vendredi ou la vie sauvage
Vipère au poing
Voyage au bout de la nuit
Voyage au centre de la terre
Yvain ou le Chevalier au lion
Zadig

À propos de la collection

La série FichesdeLecture.com offre des contenus éducatifs aux étudiants et aux professeurs tels que : des résumés, des analyses littéraires, des questionnaires et des commentaires sur la littérature moderne et classique. Nos documents sont prévus comme des compléments à la lecture des oeuvres originales et aide les étudiants à comprendre la littérature.

Fondé en 2001, notre site FichesdeLectures.com s'est développé très rapidement et propose désormais plus de 2500 documents directement téléchargeables en ligne, devenant ainsi le premier site d'analyses littéraires en ligne de langue française.

FichesdeLecture est partenaire du Ministère de l'Education du Luxembourg depuis 2009.

Plus d'informations sur www.fichesdelecture.com

Notes :